MW01173593

Ivón Arce G.

Las ciruelas
De
Sarosa

y los murciélagos fructíferos

i

DEDICATORIA

Escribí este cuento para ti, cuando empecé a trazar mis ideas no imaginé que el virus crecía más rápido que los libros, este no es un cuento de hadas y cenicientas, es un cuento que no sólo es para niños, espero que cuando lo tengas en tus manos, no sea sólo un objeto más de tu estantería, que antes… que se llene de polvo, lo abras para saludar a la dulce Sarosa, que estará dispuesta a regalarte un par de ciruelas.

Ivón Arce G.

Tabla de contenido

AGRADECIMIENTOS

Ya sabes como funciona esto, agradezco al sorbo de viento y de aire que hicieron volar ideas en mi imaginación, parte verdad, parte ficción, lo cierto es que dedico las enseñanzas de la abuela para todos los maravillosos adolescentes.

Ivón Arce G.

La Ciruelas de Sarosa, presenta una cruda caricatura real de bullying, es un cuento que deja el sabor de la intriga, pero al mismo tiempo, Sarosa logra desafiar sus emociones con el sentimiento más puro, el amor y la nobleza, hasta que se ve involucrada con unas ciruelas, tal vez contaminadas por murciélagos… Realmente nunca lo supo, ya que quien haría la investigación… ya no estaba.

VIERNES

Sarosa era una pequeña no muy agraciada, pero con un corazón enorme, salía al vecindario siempre con un algo para compartir con los pequeños, Sarosa era de tez canela, cabellos lacios y largos, permanecían la mayor parte del tiempo trenzados para que esa bella melena no se enredará, delgada, excesivamente delgada, con unos ojos grandes y grises, eso le daba un toque mágico a su mirada.

Ese viernes quedaron de reunirse en la tarde en las canchas, para practicar el baloncesto, ya que pronto entrarían a una competencia, Sarosa por supuesto no participaba, pero siempre los acompañaba para echarles porras, animarlos y decirles sus fallas, ya que, si bien no jugaba, sabía perfectamente las reglas el juego, siendo además una estupenda planeadora de jugadas, así que cuando llego ya se encontraba Dylan en los laterales, botando la pelota.

—Hola Dylan.

–Hola Saro.

–Dylan, traje unas ciruelas, ya están maduras, créeme que, ¡no las tiré del árbol! Son las que él me regala día con día.

–Claro Saro, gracias… un día de estos me invitas y… ¿Juntos cortamos, vah?

Dylan conocía la capacidad que le impedía a Saro, subirse a un ciruelo o cualquier árbol a cortar lo que fuera, ya que ella había sido víctima de la poliomielitis, por lo que esos aparatos tan estorbosos no le permitían tener libertad en sus pies para trepar, pero lo que ¡sí!, tenía Saro, era mucha bondad en su corazón, Saro le decían en el vecindario, de cariño, otros que la hacían menos la llamaban Sarrosa, como siempre, uno jamás será monedita de oro.

–Sí… pero recuerda que mi abue, es muy propia, así que le pediré permiso, pero cómo me encantaría, ¿sabes por qué?

–Nooo, ¿Por qué?

–Porque me gustan las ciruelas verdes con mucho chilito y limón, son ácidas y al mismo tiempo dulces, mmm, bueno, las que caen del árbol ya están maduras, que, por supuesto, están más dulces, pero me gustan las verdes, y poco me puedo dar el gusto, espero que no me digas que no puedes.

– ¡Va! ¡Mirá! Ahí van Joe y Melissa, vamos a hablarles para que nos podamos poner de acuerdo, además, tenemos un juego pendiente antes del entrenamiento.

Joe era el vecino menos deseable, tenía un léxico muy feo, así hablaban en su casa, se sentía el niño rico porque su papá lo tenían en un colegio fifí, pero no iba con su manera de vestirse, iba en uno de esos colegios dizque con un programa humanista, donde todos deben hacer las cosas con libertad, Joe debe tener como 16 años; sin embargo, Melissa, es una niña muy femenina, con unos risos que la hace verse muy tierna, no sé qué hace con el malcriado de Joe.

– ¡Hey Joe! ¡Melissa! Miren, Saro ha traído unas ciruelas, ¿Gustan?

Mostrándole la bolsa llena de ciruelas amarillas y rojas.

– ¡Que ricas se ven!

Comentó Melissa en lo que Joe como siempre, fastidioso y molestando a la pobre Sarosa.

–Pues deberías invitarnos a cortar, ya te imagino trepada en el ciruelo.

Río un tanto sarcástico.

– ¡Hey, Joe! Vamos… ella nos invita esta noche sin que su abuela se dé cuenta, nos abrirá la puerta y entonces cortaremos las más que podamos.

–¡Nooo! te dije que primero pediría permiso a la abuela, además no creo que terminemos hoy temprano, debemos dejarlo para mañana, ¿les parece?

Contestó Sarosa desconcertada de escuchar las palabras de Dylan: él había roto hoy su coherencia.

–Da lo mismo, ya está oscureciendo, no pasa nada, tal vez ya está dormida tu abuela.

Concluyó Joe.

–Joe, esa no es la forma de hablarle a Saro, ella como nosotros tiene a quien obedecer, creo que deberías ser más respetuoso.

Comento un tanto molesta Melissa.

Los cuatro niños, bueno, no tan niños; Sarosa era una pequeña de 13 años, todos tenían casi la misma edad, con algunos meses y días de diferencia, a excepción de Joe, él estaba por cumplir ya los 16 años.

Así que se fueron a las canchas múltiples del fraccionamiento, por obvias razones Sarosa solo era la espectadora del juego, además de motivadora y planeadora de técnicas de defensa, ella no se sentía diferente, era muy perspicaz, intuía con mucha facilidad a las personas, en el colegio llevaba muy buenas notas, Melissa era una de las niñas que más cuidaba de Sarosa, ya que conocía la autosuficiencia y capacidad que ella tenía en todo, se esforzaba por ser la primera en la clase, muchos de los compañeros la molestaban con eso llamado ahora el famoso "bullying escolar".

Terminaron el juego, ella observaba Joe y Dylan, con grandes lágrimas de sudor en todo su rostro, las playeras tan húmedas que parecían sacadas de una cubeta de agua, sin embargo, Melissa, pareciera que no había sudado, ambos se limpiaban el rostro, con la misma playera, recogieron el balón y se dispusieron a retirarse.

—Ok va, entonces mañana entramos a tu casa, Saro ojalá y si puedas convencer a la abuela.

Dijo Joe un tanto más relajado.

Terminaron el juego, ella observaba Joe y Dylan, con grandes lágrimas de sudor en todo su rostro, las playeras tan húmedas que parecían sacadas de una cubeta de agua, sin embargo, Melissa, pareciera que no había sudado, ambos se limpiaban el rostro, con la misma playera, recogieron el balón y se dispusieron a retirarse.

—Ok, va, entonces mañana entramos a tu casa, Saro ojalá y si puedas convencer a la abuela.

Dijo Joe un tanto más relajado.

Ok, mañana nos vemos, yo creo que… no saldré muy temprano para tener contenta a Katita, así habrá menos problemas.

—Bien, ¡adiós, chicos! Yo te acompaño a tu casa, gracias por esas deliciosas ciruelas.

Le decía Dylan mientras sacaba una ciruela que había guardado en sus bolsillos; ya se veía algo maltratada, pero, aun así, la saboreó.

—Sí, ya tengo todas mis diapositivas, bueno, nos vemos mañana Saro, ya estás en casa, espero las notas, ya en el colegio nos ponemos de acuerdo para la tarde noche, espero que sí puedas convencer a tu Abu.

– ¿Mañana? ¿Por qué mañana?, es sábado, ¿tienes clases particulares?

–Jajaja, ya no sé ni el día en que vivo, bueno, pero mañana nos vemos para lo de las ciruelas.

–Está bien, descansa, Dylan, gracias por acompañarme.

SÁBADO

–Sarosa, toma el desayuno, hoy necesito que me ayudes.

Dijo la abuela Katita, ya con mandil puesto, guantes y botas de jardín.

Era una de esas mañanas entre la humedad de la temporada, el agua acumulada en las hojas de los árboles, el olor a tierra mojada, era suculento el aroma, no se oían las aves mañaneras, eran de todos esos días, en que las mañanas eran no solo húmedas, al salir al balcón, encontré el paisaje difuminado por una densa neblina, que no le permitía ver ni la copa de los cedros.

–Si, abuela, me tomaré el jugo y la gelatina, tengo días que ando con poco apetito.

– ¿Te has sentido bien últimamente, mi querida Saro?

–Sí, solo un poco inapetente, pero enseguida te alcanzó Abu.

La abuela Katita, que en realidad se llamaba Catalina, pero todos en el vecindario la llamaban Katita de cariño, ella había rescatado a Sarosa del accidente donde perdieron la vida sus padres. Cuando Sarosa tenía apenas 4 años se vieron en la necesidad de hacer viajes largos para visitar continuamente hospitales, Institutos de Infectología, Fisioterapia, Pediatría y Neurología, precisamente por el padecimiento de la poliomielitis, Sarosa desde muy pequeña mostró signos de que algo andaba mal, especialistas mostraban que tal vez tuvo algún contacto con alguna aplicación contaminada, no había otra forma, ya que este es un virus que ataca el sistema sanguíneo, cierto que la mayoría de estos signos son asintomáticos, pero Sarosa era un ser tan esperado, que todos tenían sus ojos puestos en ella, después de seis meses la niña empezó a tener cierta rigidez en sus extremidades, parecía que tenía un sueño crónico, cierto es que los bebes permanecen más dormidos que despiertos, pero ella rebasaba esos límites, le subía la temperatura a menudo, sin causa alguna, y de la misma forma se iba, se quejaba mientras dormía y si abría los ojos era para llorar, eso empezó a alarmar a los padres que ni tardos ni perezosos, empezaron a atenderla con los mejores especialistas.

Sarosa salió a encontrarse con la abuela, quien se encontraba arriba de una escalerilla para podar la bugambilia.

– ¡Qué bueno que ya estás aquí! Creía que no acabarías.

– ¡Hay abuela! ¿Qué necesitas que haga?

–Dame ese hilo de cobre, de este, hazme unos cortes de ochenta centímetros, o bueno, calcula, hazme primero unos diez, ya vemos si hacen falta.

–Ok abuela.

La abuela era amante de la naturaleza, de las flores, tenía en la anchura de su terreno muchos árboles frutales, claro, las frutas que más le gustaban a Sarosa, eran las ciruelas y los mangos, porque eran las únicas frutas que podían comerse verdes, con mucho chile y limón; pero sus rosales y bugambilias adornaban las paredes de la casa, eran un adorno para el vecindario, también tenía una cuadra de verdes cactáceas. Bueno, empezaba a amarrar por aquí y por allá, para darles forma a las ramas que pretendían salirse de control, hablaba con ellas, era la mejor abuela del mundo, aunque era muy estricta, pero sé que la amaba tanto, como amaba las plantas y los animales; les pedía permiso a las ramas.

– ¡Mira bugambilia! ¡Mi querida bugambilia! Para que luzcas y no estorbes a quienes van pasando, debo arreglarte un poco para que tus flores luzcan más hermosas, no te vayas a sentir, después de esto, un poquito de vitamina, agua, sol y abejitas harán que luzcas ¡espectacular!

–Hay, abuela, siempre les hablas a las plantas, ¿A poco crees que te escuchan?

– ¡Sarosa! ¡Cómo puedes decir eso! ¿Cuántas veces hemos arreglado las guías y acaso se han puesto tristes? No, al contrario, lucen cada vez más bellas.

–Sí, abue, tienes razón, he visto que todo luce más hermoso.

Sarosa no era una niña imposibilitada, había empezado a conocer el mundo de forma distinta, pero veía, hablaba muy bien, hacía el noventa nueve por ciento de cosas que hacían todos los niños normales, solo que cuando iniciaba a ir a kindergarten, había niños lindos que la trataban de forma normal, pero como en todo también había niños que la querían lastimar, pero ella en su postura y cariño se hacía respetar la mayor de las veces.

Titubeaba Sarosa, pues debía decirle que sus amiguitos querían permiso para ir a cortar ellos mismos las ciruelas; ya que a ella nunca le gustaba ocultar nada a la abuela, aunque obtuviera un ¡No! Por respuesta.

–Abue, ayer que salí con los chicos, les llevé algunas ciruelas y me han pedido que te pidiera permiso para venir ellos a cortar algunas.

–Pero si hay muchas que el ciruelo te deja en el césped.

–Lo sé, Abu, pero quiero verdes.

Agachó la mirada como diciéndole que su deseo era comer unas verdes; ella no podía colgarse de ninguna rama.

–Está bien, vamos a hablar con el ciruelo, para que, al rato que vengan los pingos, no se ponga triste.

– ¿Cómo se va poner triste? ¡Si es un ciruelo! Creo le dará gusto saber que nos encanta su fruto, es como cuando te regalo mi voz te cantó y te gusta, te pones feliz y eso me hace feliz.

La abuela se inclinó un poco y le dio un beso en la frente. De todos modos, le pidió permiso al ciruelo.

Era su única familia, se tenían una a la otra. El padre de Sarosa había sido su único hijo de Katita, así que esa pequeña, de piel canela y ojos grises, era su tesoro, por eso era tan glamorosa como enérgica.

La abuela, que hacía como reverencias, hablaba un tanto extraño después de un rato.

– ¡Abuela! ¿Qué dice el ciruelo?

–Que está bien, qué espera que no le den palazos porque tiene doble vida, jajaja, creo que entendí mal lo de la doble vida.

– ¿Doble vida? ¿Qué significa eso, Abu?

Tampoco lo sé, pero lo único que sé, es que… no lastimen su cuerpo y mucho menos su alma.

–Pierde cuidado, Abu, Dylan y Melissa serían incapaces y con Joe, pues, hablaré muy claro, gracias, Abuelita. Corrió a llamarle a los niños que la abuela ya había dado el permiso… por un momento quería decirles que el ciruelo también, pero mejor lo culto porque tal vez se reirían de ella.

Como a eso de las seis y media de la tarde, los niños ya se encontraban empotrados en el ciruelo que generosamente los recibió. Melissa le ayudaba a Sarosa a juntar las que iban cortando los chicos. La abuela había dejado algunas bolsas, una para cada uno. Cuando la abuela bajó a verlos, le dio mucho gusto verlos tan contentos.

–Saro, mi niña, voy a la tienda, no tardo.

–Está bien, Abu.

Tan pronto salió… Joe no hizo más que maldades, cortaba ramas completas, del pobre árbol, casi lo vi llorar, y le dije:

– ¡Joe! Eso no está bien, él sufre, si tú cortas sus brazos.

Me sentía tan afligida por la advertencia del ciruelo.

–Jajaja ¡hay la soñadora y unos cuates!

Rió irónico.

–Se está volviendo loquita, es que el ciruelo habla, jajaja, aparte de lisiada, loca la Sarrosa.

– ¡Joe, cuidado con lo que estás diciendo!

–Grito Dylan.

– ¿Cómo te atreves a insultar al ser más noble? ¡Qué mal, Joe!

– ¡Sí!! Has sido injusto y cruel.

Completó Melissa con enojo y tristeza.

Sarosa miraba a Joe, como cuestionando su fiereza, más no reprochaba sus insultos. Le daba pena, tristeza, pero al mismo tiempo sabía que los seres humanos son distintos.

"Porque, por naturaleza, para que existiera Jesucristo tenía que existir, un-Judas"

eso se repetía una y otra vez, siempre recordando las palabras de su abuela:

"Niña linda, este mundo no es a veces un paraíso, si tú no lo quieres ver así, pero si para ti es un paraíso, en él... no hay frutos malos, solo que algunos son diferentes".

Otras veces le decía:

Saro, tú eres tan fuerte como tu corazón, siempre habrá alguien que te lastimé si tú le permites que toque tu alma. El alma es el tesoro que te ha dado Dios, así que es la joya más sagrada; por tanto, no permitas que nadie la toque para lastimarla.

14

Recordando Sarosa todas las palabras de la abuela, no se percató en qué momento Joe había salido de la casa, mientras Melissa, con lágrimas en los ojos, estaba abrazando a Sarosa.

–Saro, te pido disculpas por Joe, es un niño inhumano y malcriado, sus padres no le han dado el mejor ejemplo, siempre están peleando. –Melissa fue interrumpida por la sonrisa de Saro

– ¿Cómo? ¿No estás molesta?

–¡No! Joe no lastimó mi alma, lo único que me duele es el ciruelo, él no solo tiene cuerpo como nosotros, tiene un cuerpo que alberga frutos que nos regala, ramas donde alberga aves y mariposas, él tiene miles de brazos, alberga muchos animalitos dentro de sus troncos, tiene raíces profundas, que también albergan vida, pero lo más importante tiene alma, siente, disfruta y sufre también.

Melissa secó sus lágrimas, abrazó a Saro, en eso se unió Dylan, a quien le había costado trabajo bajar del ciruelo, los tres abrazados haciendo una alianza de amor.

En eso entró la abuela Katita, quien disfrutó de ver a los amigos con ese abrazo tan fraterno.

–Saro, mi niña… ya llegué, les voy a preparar una infusión de yierbabuena y unas galletitas.

–Gracias, Abu.

–Muchas gracias Doña Katita, –respondió Dylan.

–Chicos, ¿y Joe? ¿Dónde está Joe?

–Preguntó Sarosa, que por más que volteó no lo veía.

–Cogió su bolsa de ciruelas y salió corriendo, sabía que lo que había hecho, estaba mal y peor su manera de lastimarte.

15

–Vaya, se ha perdido de esa infusión de yerbabuena, yo no he probado nunca una igual.

– ¡Hay! ¡Es un té de yerbabuena!, que tiene de diferente, ¡Es un té! Comento. Dylan, quien no entendía, que la yerbabuena, sólo es yerbabuena en cualquier lado.

– ¡Nooo! Esperen a olerlo y degustarlo.

La abuela les acerco la tetera en la mesa del jardín, encendió las luces, Saro, corrió por unas tazas pequeñas propias para tomar el té; al ir vertiendo la infusión se veía el color de un verde esmeralda, se percibía el aroma que al momento de inhalarlo las neuronas olfativas se conviertan en una polución, era como un licor, un licor espeso, ella le daba un toque de melaza, decía que los adultos no endulzaban el té jamás, debía tomarse sin endulzantes para disfrutar su auténtico sabor, pero para nosotros le ponía algo para que lo disfrutaran y no nos fuera a hacer daño tanta ciruela verde, ya que este es un maravilloso digestivo.

– ¡Vaya! Sí que es rico, en verdad en casa no saben tomar té, jajaja, bueno, ni siquiera lo hacen, tal vez ni lo conocen.

Comentó Dylan aun saboreando su taza de té.

–Entonces, cómo dices, que era solo un té, si no sabes lo que es un té, porque en casa no lo conocen, además nos prepara esa infusión para que nos la mejor digestión de la fruta.

Objetó Melissa a Dylan.

–Saro, qué espléndida es tu abuelita, siempre he dicho que las abuelas son lindas, pero cuando las abuelas crían se convierten en mamas y se vuelven como todas las mamas, tú me entiendes, ¿no? Se vuelven estrictas en todo.

–Bueno, Saro nos vamos, paso a dejar a Melissa, muchas gracias por todo, me despides de tu abuelita.

En eso iba entrando la abuela y preguntó.

– ¿Qué no eran tres los chicos que estaban en el jardín?

–Sí, Abu, también estaba Joe, solo que tuvo que irse más temprano.

Lo disculpó antes que los chicos le platicaran el incidente.

–Señora, muchas gracias por todo, ya llevamos fruta y un rico té en el estómago.

Sonrió suavemente Melissa.

–Anden niños, no se les haga más tarde,

Y se retiró.

Sarosa los acompañó a la puerta hasta que dejó de verlos.

DOMINGO

Un domingo insospechado, apenas abrió los ojos, respiro el frio, no tenía ganas de ponerse de pie, quería con ese frio, mantenerse en esa rica cama, pero no era posible, tenían su servicio religioso del barrio, quedaba cerca, tal vez regresando se dormiría un poco; se colocó sus ortesis y se alisto.

Ya a medio día, vió una publicación en el Instagram que Joe había publicado que se encontraba mal, poniendo emoticones tristes y de dolor, decidió saber que pasaba, así que comento en su misma publicación, que sucedía.

–Me siento mal.

–Ok ¿Te puedo ayudar?

–Como quieras.

Prefirió llamar a Dylan para ver si sabía algo. Dylan contesto después de cinco llamadas, algo estaba mal.

–Hola Saro, no te contestaba estaba en el lavabo, amanecí con algo de náusea, por eso no te conteste rápido.

—No te preocupes, pero dime, ¿Qué más sientes? Sabes que Joe público en la mañana que se sentía muy mal, ¿Sabes tú algo?

—No, para nada, pero enseguida le llamo. —En eso sonó el teléfono de casa, era Melissa,

—Saro, Saro, buenas tardes, quería ir a visitarte, pero amanecí extraña, mejor nos vemos mañana en el colegio.

—Ok, no te preocupes, nos vemos mañana.

Ya para la noche se había enterado que los tres tenían casi el mismo síntoma, y corrió a platicarle a su abuela.

—Abue, creo que las ciruelas han provocado un terrible mal, los chicos se sienten agotados, han tenido náuseas y vómito, un poco de fiebre, bueno Melissa, sólo dijo que se sentía extraña.

—No te preocupes hija, las frutas verdes comidas en demasía, pueden causar esos síntomas, por eso les di el té para que amortiguara un poco la acides de la fruta.

—Bueno… entonces esperemos que mañana ya estén mucho mejor.

………

LUNES

El día anterior, fue una noche llena de insomnio, le preocupaba algo, sus amigos estaban raros de salud, ¿cómo habrán amanecido?, se preguntaba una y otra vez, hoy lunes ya en la ceremonia escolar de todos los lunes, faltaba Dylan y Melissa, le extrañó no verlos en las filas, no podía informarse, parecían desapercibidos por los compañeros, pero no para ella. Sutilmente caminó hasta donde se encontraban unos teléfonos públicos para informarse si Joe había asistido a su Humanístico Colegio; la información le preocupó mucho más, tampoco había asistido a clase, no había duda, algo andaba mal, pero como saber que era, si el día que cortaban las ciruelas estaban tan alegres y rozagantes.

En la hora del receso llamó a Melissa.

–Melissa, ¿cómo estás?

–Mejor, mis padres me han llevado al médico, efectivamente fue la ingesta de ayer, así que me dieron una suspensión, antibiótico ya me siento mucho mejor, aunque me siento un poco débil, ¿Podrías avisar en la escuela por favor? Creo a mi mamá se le olvido llamar, después presentaré mi receta, hasta que las evacuaciones disminuyan, para que me den mi justificante.

–Claro, no te preocupes, ¿Crees que pueda visitarte por la tarde?

–Sí, claro sin problema, sirve que me platicas lo que vieron hoy va… y me pasas la tarea.

–Ok, nos vemos al rato.

–Va, nos vemos, saludame a Dylan.

–Dylan no vino a clases.

–¿Cómo? Él nunca falta.

–Claro lo sé, le llame hace un momento, pero me dice que se sentía indispuesto, que luego me platicaba, pero nada de gravedad.

Ya en casa, terminó pronto su tarea, comió, le pidió permiso a su abuela para ir a visitar a Melissa; tomo una canasta de mimbre que habían quedado de la tienda que algún día tuvo la abuela, salió a cortar o a recoger algunas ciruelas para llevarle a Melissa, cuando de pronto, logró jalar una rama, cuando… algo transparente voló sobre su cabeza, apenas pudo silenciar su grito del susto, porque después salieron muchos más.

–"¡Dios! ¡Son murciélagos!"

Entro a casa corriendo e investigo todo sobre ellos. Ellos habían construido un refugio en el centro del árbol, entre las hojas de las cuales habían sido modificadas, se habían acostumbrado al sabor de la fruta, ella siempre había pensado que se alimentaban sólo de sangre, pero no… algunos comen insectos, semillas y polen de flores, los que comen fruta les llaman murciélagos fructíferos y esas ciruelas eran las que había compartido con sus amigos.

–¡Caramba!

Decidió no llevarle de esa fruta a Melissa. Tomo un dinero de su alcancía y fue a comprarle un-CD, de música Country. Llego a casa de Melissa, salió Doña Flora para recibirla y la hizo pasar a su habitación.

– ¿Cómo estás Saro?

–Bien, y tú ¿Cómo sigues?

–Una pequeña fiebre, algo de vómito, evacuaciones, que ya han disminuido, nada malo, ¿Qué me traes ahora?

–Un CD de los Hits de Top Country, espero te guste, bueno sabiendo que te gusta lo country.

–Vaya, muchas gracias Saro, tú siempre tan atenta. –Se incorporó para darle un abrazo.

En eso entra una llamada, era Dylan, preguntaba si estaba en casa.

– ¡Si claro, si quieres ven! Aquí esta Saro.

– ¿No te llevo ciruelas verdad?

–Nooo, me a traído un-Cd. de mi música preferida ¿Por qué?

– Porque en el vecindario dicen que Joe comió un alimento contaminado, que el domingo amaneció mal, que en su casa no había comido nada, así que lo único que comió eran las ciruelas

– ¿Pero! ¿Cómo te atreves? Tú y yo también comimos, lo mío no fue más que una ingesta, diagnóstico del médico.

–Sí, yo tuve algo de fiebre, pero fue pasajera, tal vez tengas razón o sólo es un rumor.

Sarosa escuchaba la conversación, pero pensaba y… ¿Si las ciruelas estaban contaminadas por la orina de los murciélagos?" "¿Será eso posible?" Pero decidió guardar silencio, aunque sentía en verdad algo extraño, parecía que había perdido el color en su cara canela.

Al colgar Melissa, escucho que Dylan iría para allá que tenía algo urgente que decirnos.

–No te preocupes Saro, ayer después de la grosería ya estando en casa me llamó no quise contestarle, estaba sumamente enfadada, por la mañana contesté el teléfono sin ver que era él, Joe ha intentado cosas que me han molestado, y lo que hizo el sábado en tu casa no estuvo padre.

–Y… Para que te llamaba, ¿Sólo para disculparse?

–No, bueno… si sólo se disculpó, me pidió perdón, lo sentí por primera vez sincero, me extraño, luego vi sus publicaciones, le he estado llamando, pero no contesta.

Platicaban de las clases cuando a los 20 minutos estaba tocando el timbre, Dylan llego apresurado y sudoroso, al entrar a la habitación las abrazó.

– ¡Chicas! En casa de Joe hay flores blancas…

Un silencio total…

–Acabo de llamar a su hermana, Joe, ayer tuvo convulsiones de tos, fiebre, dolor de cabeza, evacuaciones liquidas y conforme pasaban las horas fue empeorando, la ambulancia fue por él en la madrugada, permaneció en observación mientras le practicaban algunos estudios… pero al parecer está muy complicado.

Saro casi se desmaya, mientras Melissa se pone de pie.

–Ese es el síntoma del ¡Coronavirus! ¡Dios estuvimos con él! ¡Debemos comentárselo a nuestros padres!

–No, ahora no es buena idea

Sarosa permaneció callada, pálida, ella no había tenido nada, pero Melissa y Dylan sí, pero no había sido nada más allá de una abusiva ingesta.

–Saro ¿Estás bien? –Preguntó Dylan.

–Sí, digo no, no lo puedo creer, ¿Deberíamos ir a su casa?

–No, no entiendes Saro, ¿La gravedad del asunto?

–Entonces ¿Mis ciruelas le hicieron daño?

– ¡No! Nos hubieran hecho daño a nosotros, ¿Tú te has sentido mal?

–No para nada y fuí la que comí más, después que Ustedes se fueron todavía comí algunas.

–Ufff –Respiro Sarosa.

Por un momento se quedó pensando como Joe, el iracundo que enfadaba a medio mundo, que su sarcasmo y su mitomanía iba siempre muy lejos, no sólo tenía un mal uso del lenguaje, había algo en él, que tan sólo su presencia invitaba a estar lejos, tal vez porque usaba perfumes baratos y sentía que uno no podía distinguir el buen aroma de Trussardi Riflesso y el suyo era… una copia, siempre había molestado a Sarosa, pero ella no se inmutaba porque tenía principios muy bien fundamentados, recordaba a su abuela:

"Con una actitud positiva, tus palabras se vuelven desafíos, tus dificultades enseñanzas, y tus penas para aprender de la vida".

La abuela siempre tenía razón:

"A las malas personas, no les digas nada, dejalas ser… que se queden justo donde están, ellas se destruyen solas".

Justo estaba en mis adentros analizando las palabras de la abuela, cuando sonó el teléfono de Dylan.

–Si ¿diga? ¿Quién habla?

Casi escuche la voz era Francesca la hermana mayor de Joe.

–Dylan que gusto saludarte, sólo estoy avisando a los amigos de Joe, que… quisiéramos darle un servicio fúnebre a mi hermano…

Por un momento Dylan estaba confirmando lo que a todas luces se veía, las flores blancas, aun no estaba ahí, Francesca informo que sus padres pasarían por las cenizas de Joe… todo eso era demasiado extraño, ¿Cómo había sido tan rápido? ¿Por qué las cosas tenían que ser así? A pesar de que no le gustaba ni a Dylan, ni a Melissa, muchos menos a Sarosa, su actitud y pedantería, era el chico diferente que hacía que la cuadra tuviera momentos de locura.

–Francesca, tranquila ¿Quieres que te veamos? En estos momentos estamos en la casa de Melissa.

–Qué suerte, también están en mi lista para avisarles

–Ok, pues ellas te están oyendo, también Sarosa.

–Pero dime Francesca, ¿Qué fue lo que paso? Sé que no es una pregunta cómoda en estos momentos, pero…

–Joe era demasiado imprudente, siempre hacia las cosas insignificante una gran turbulencia, hizo que mis padres se separasen, siempre fastidiando, había noches que por no aceptar lo que íbamos a plantearle, se retiraba enfadado, precisamente el sábado llego a las 2 de la noche, nos comentó que había llevado a Melissa a su casa, pero imaginamos que los padres de Melissa no le permitirían que él estuviera tan tarde, son acuerdos de padres, así que eran casi las dos de la mañana, yo esperaba desde la ventana de mi alcoba divisarlo entre los faroles de las aceras pero nada, hasta que las luces de una moto se veían venir, era Joe, lo traía un hombre traía casco así que no pude reconocerlo, sin apagar la moto, él se apeó y entro a casa, se veía mal, entro a su habitación al poco rato escuche que tenía una aguda regurgitación, escuche tras la puerta, no entré, ni pregunté porque a eso le molestaba, así, que me fui a dormir, pero me sentía intranquila, así que fui a la recamara de mi mamá, le platique como escuchaba a Joe, ella a pesar de tomar sus somníferos para dormir se levantó como zombi, entro a la habitación y cuál fue su sorpresa, él se encontraba tirado en el suelo, temblando de fiebre, sucio con su misma saliva.

– ¡Llama a urgencias Francesca! –Nerviosa cogí el teléfono y marqué a una ambulancia.

– ¡Aprisa, date prisa!

Tan pronto llamé llegaron casi volando, los paramédicos venían con esos atuendos extraños, protegidos de pies a cabeza, bajaron su camilla que parecía una capsula para viajar en el espacio, vi cuando lo subieron, mi madre se fue con ellos, ya hasta muy tarde mi madre me llamó que ya se encontraba mucho mejor, que había pedido inclusive su teléfono, ya por la noche, mamá llamó que había salido positivo.

–Nooo, no puede ser posible ¿tiene VIH?

–No Francesca, como se te ocurre, es el virus más mortal que ese vicho, salió positivo al COVID. –Sollozaba mamá, a pesar de que ese insensato no la respetaba.

En eso… oí que la habían voceado, así que tuvo que colgar para atender la llamada, tardo largas horas para volver aescuchar a mamá, el frio sabor del dolor…

–Francesca… hija… Joe al enterarse el de su problema… fue tanta su adrenalina que… que su corazón… no resistió…

Aunado a su silencio, sólo oí un sollozo, temí que mi madre pudiera sentirse mal, aunque ella es muy fuerte.

–Si no le hubiera dado el paro, se hubiese muerto por el infame virus.

Los tres estaban atentos con lo que Francesca les narraba, lo cierto es que estuvieron juntos, pudieron contagiarse todos, pero eso no paso, el único que se contagió fue Joe, todos habían comido ciruelas contaminadas, que, por supuesto nadie lo sabrá, pero aparte era un mentiroso, decir que había ido a dejar a Melissa, cuando él se salió temprano de la casa de Sarosa y nadie sabía a donde se dirigía.

—Melissa, Sarosa, ¿Creen que sus padres los dejen ir, aunque sea para llevarle algo a la familia? –Un silencio total, había lágrimas en los ojos, no sabían si eran de ira por no cuidarse o… de miedo.

Al colgar Francesca, ambos se miraron a los ojos y en silencio se ofrendaron un abrazo lleno de fortaleza, ¿Por qué sentirse así cuando él le faltaba el respeto a medio mundo? ¿Acaso no estarán mejor sin su compañía? lo cierto es que era el malo del cuento, Saro recordaba las palabras de la abuela:

"Recuerda mi pequeña Saro, para que exista lo bueno debe existir lo malo"

Entonces el hacia el papel del villano, recordaba Sarosa otra de las frases de la Abuela:

"Yerba mala nunca muere"

¿Entonces Joe… no era tan malo? Se preguntaba, sentía tristeza por lo sucedido, sentía vergüenza por no decirle que las ciruelas tal vez estaban contaminadas, tal vez no, pero entonces porque todos tuvieron la mayor parte de los mismos síntomas, tal vez su estado emocional a pesar de lo estúpido que era, muy dentro de él habitaba la debilidad, en fin, lo cierto es que el ya no estaría jamás molestando a nadie.

Esa tarde Sarosa, recogió unas de las ciruelas que estaban caídas en el césped, la cual la llevo al otro día al laboratorio de la escuela.

……

MARTES

Sarosa, estaba dispuesta a investigar si realmente las ciruelas hubieran podido provocar el fallecimiento de Joe, así que se encaminó con el biólogo que era su maestro de laboratorio, a quien muy sutilmente le dijo; que tenía dudas sobre la calidad de la fruta, ya que pensaba vender algunos canastillos, el maestro le restó importancia, pero por los ruegos de Sarosa, además de mirar la insistencia de Saro, le llamo la atención su disposición de volverse una buena proyectista, así que llevo a cabo una minuciosa revisión en el microscopio de la escuela, veía como el maestro iba cambiando su rostro hasta llegar a una mirada perpleja.

—Sarosa de ¿dónde has tomado esta ciruela?

—Del huerto de la casa, a mi abuela le encantan los árboles frutales.

La miró fijamente mientras movía el tornillo micromagnético, ahora parecía muy interesado.

—Maestro, ¿verdad que mis ciruelas tienen mucha calidad?, podría hacerlas

28

en conserva mejor, tal vez la venda mucho mejor o a mejor precio.

En eso fue silenciada por él.

–Alto, ¡Para Sarosa! este producto tiene varias bacterias patogénicas, puede ser muy normal en los productos crudos, lo cierto es, no puedo hacer un estudio más minucioso, pero lo que sí puedo ver, es que tiene un hospedaje que se ve muy extraño, ¿Sabes que Sarosa, tengo algunas dudas, podré llevarme tu fruto? por la noche iré a hacer algunos trabajos al clínico y le daré una revisión más profunda.

–Sin problema maestro, gracias.

………

MIÉRCOLES

Al otro día ella fue al laboratorio de la escuela buscando al maestro, regularmente tenía clases casi todo el día, porque él les daba a todos los grupos.

El director paso a informarnos que se suspendían las clases de laboratorio, que hiciéramos algunos repasos, o nos fueramos a las canchas a hacer algún deporte, mire a Dylan y a Melissa, salimos del aula y los dirigimos a comprar unos ricos chicharrones preparados, bueno en realidad eran ellos, yo no tenía apetito.

—Sarosa, come uno, yo te lo invito.

—No Dylan, no tengo deseos, pero ustedes tampoco deberían comer eso, aunque esten superbién preparados y ricos y tengan mucha higiene ustedes han pasado por un cuadro de infección.

—No, no es para tanto.

—Bueno, pues provecho chicos.

—A todo esto, sé que no extrañamos a Joe porque era de otra escuela, pero… siento el no volverlo a ver ya nunca.

—¿Cómo? ¿Crees entonces que lo extrañarás?

—Sí, creo que sí, y tú, Melissa, tú, ¿no lo extrañas?

—Creo que solo han pasado dos días, tal vez cuando vayan pasando los días.

Pasada la hora de laboratorio, volvimos al aula, en mis adentros bailaba en mi mente; el maestro no llegó, paso todo el día cavilando que a lo mejor habría sido contar lo que había visto en su ciruelo, pero temía que podía poner en riesgo la vida de su abuela, porque ya había puesto en peligro a muchas personas.

Si algo le sucede a la abuela, no me lo perdonaré.

JUEVES

Pasó otro día, fue a la dirección a preguntar por él, tal vez solo estaba programando su mente, con fantasías en su cabecita…

–No vendrá, ayer estuvo sumamente indispuesto, al parecer se encuentra en el hospital. Su esposa nos avisará cómo sigue.

–Ok.

¡Ho¡, ¡Por Dios! El maestro tuvo contacto con la ciruela, su cabeza era un manojo de ideas confusas, él era un gran maestro y amigo, siempre nos escuchaba, bueno, solo espero que no hayan sido las ciruelas… se retiró muy preocupada.

Sin embargo, al día siguiente la noticia fue fatal… el maestro se encontraba entubado, creo que nadie sabía la noticia, yo lo sabía porque había ido a preguntar, más creo que nadie supo lo de la ciruela, creo que nadie sabrá lo que pasó….

F I N

Made in the USA
Columbia, SC
12 March 2024

32577032R00020